AQUARIUS

AQUARIUS

AQUARIUS

AQUARIUS

每個人心中都有一座島嶼，

藉文字呼息而靜謐，

Island，我們心靈的岸。

森森
張詩勤

推薦序——超感覺的異物志

◎李蘋芬（詩人，政大中文系博士候選人）

一

張詩勤是我輩寫作者中格外殊異的品類。其詩恐怖，詩中的人非人，物皆變態，語言看似潑灑，任意流蕩，實則張弛有度，一首詩有多層次反轉。

《森森》的出現，為怪物詩學召來利刃、手槍、控制面板。人坐在那裡，平白無故的自體燃燒，和肉身一同焦黑得發亮的椅子，遂成為詩的起始。設想死亡並親近之，是詩人書寫的核心，生死本為大命題，因過度談論而反覆熟爛，談生不容易，但以藝術來預演死又太輕易。即使如此，〈活兆〉仍位居此大題的前鋒：

那一次那麼袒裸

結果多麼好
在潮濕的植物與泥土氣味中
也沒有承認
結果多麼好

不，我是承認了
羅曼史的送葬
你的死狀，有點像機械
讓我操作
反覆實驗

以藝術把玩死（詩集中有以下相關詞語：死胎、死意、生死、死亡電波），是為了超越表象，為了清醒認識人們所迴避的。從「沒有承認」、到「我是承認了」，指出羅曼史的消亡：透過反覆想像「你」的死亡，我明白了，心滿意足地看著「你」變形為非人的東西，正是世上最好的事。這告白何其裸露。

二

開篇的〈那裡〉寫著：「『死在這裡』像是我的絕望／也像你的決心」，預示這將是一部在死灰中被拋擲而生的書。

張詩勤詩中的肉身，若非離析，就是奇形異狀的扭曲。當你以為這樣的詩形似伊藤潤二直指人心的恐懼，那其實是浦澤直樹，人與怪物與機器之間的界線漸趨模糊。翻過一頁，閃神間卻置身在安部公房的超現實異境。

解詩的人走入魔障，痛而且舒服，窺見這森森異物有一具田村隆一的靈魂。如其〈四千之日和夜〉：「為了產生一首詩／我們必須殺死／殺死很多東西」（陳千武譯），這位戰後詩人將恐怖看作偉大的動機，恐怖即是「不安」，原動力來自慾望，使人對世界勃然大怒，也因憂歡而歌唱。這份「恐怖」，不妨作為閱讀《森森》的一個視點，窺看充沛的死意、強悍的殺意如何出沒其中。

大量迴行與高度象徵，都讓這些句子不易切分出奪人眼球的小段落，整部詩集就是一座蒐集人類慾望的聚合體。如此難以歸類，不就是詩人有意設計的機關嗎？也印證了她宣告的自我博物化：「搜集而非被搜集，示現而非被看。」《森森》更比前作多出一份臟器外露的灼熱誠意，如〈瀕幽體驗〉寫外星人來接「我」的時候：「參觀不可見的內部／也打開我的內部」，打開自己的內部，意味著抵抗被展覽，奪取「主動被看」的位置。

三

許多詩句的推衍看似即興，即興之極致，竟能成瘋成魔。為了達到任意、暢快且可讀的即興，需要仰賴詩人對語言（作為一種機器）的高度精熟、思維之通透與抗俗。如長詩〈馴化種〉：

真正的空洞在凝視我時
找到一種遠端遙控的手法
我在與空洞拔河時
學習操縱清醒夢的技術
我們都透過一片設計複雜的面板
組織自己的負片

我想我懂得它
它懂我想著它
我們才是那種真正的傳送

憑藉思維的運作，詩人的荒謬劇場以身體的虛像來搬演，並以此虛像辯詰真實。本真性是一場幻術嗎，肉體我與精神我何者為真？網路與現實，可見與不可見。詩中隱含這樣的問題：電波傳送原初場景裡的「痛的概念」，設若它為假，那麼精神上所感到的「空洞」就足以為真嗎？或者，電波是一種對精神的模擬，最寬泛意義上的賽博格。

詩這樣結尾：「捏碎它捏碎我的意識讓它們在雨中溶解／丁點不剩像從來不在」，人非人，物已變態。彷彿重回一九八二年《銀翼殺手》的雨中獨白，大雨不能毀滅意志，無論意志的原初是何處。

四

不只是關於死。

張詩勤憶及童年讀物《寰宇蒐奇》，一九九〇年代的盜版，卻無礙其真實的（偽）怪物盛典，那麼弔詭，如〈受造〉裡寫非人的認同：「相簿裡迴異的物種／臉盆裡的鰻魚或泥鰍／我的確出現過／不是人類的心安不在場的自在／被象徵被寫下來」；〈前一刻〉中存在主義式的拒斥感：「發現自己是完整的人的震驚與不適」。

我想起自己兒時的某階段，也曾被《寰宇蒐奇》餵養長大，太過熱心地參與這場既受控又失控的九〇年代嘉年華（在相片中徒增兩雙手的孩童。暴死的親人還魂於隔壁的隔壁城鎮。人與獸的重組）。

現在我們可以這麼說了嗎？蒐奇使我們成為詩人。透過詩而能自白，原來人之所以迷戀恐怖，是出於對自身稍不留神就成為怪物的想像（以及期待）。

詩這一文類適合切分個體的經驗，搜羅事件與時間的碎片，予以重塑，使之逸離普通狀態，超出原本經驗，一如〈薄瓷〉所寫：「他卻仍在承接我盛裝我／仍在不自覺噴湧／我感到沒有終點／那觸感超出經驗」。肉塊上的死灰復生，電波與流彈擠滿荒野，詩人為個人的感覺史歸檔，儘管它早已超出五官的感覺。

目錄

被詛咒的鑽石

幽靈船

時空亂流

幽浮與外星人

念寫

超感覺

人體自燃

那裡

永遠到不了那裡
那裡就會成為全部
輕易到了那裡
就永遠在密謀逃出

就衝出我
像是很多個關鍵的問句
被用了關鍵的答案餵食
冒出酸刺的芽

枝葉尖端站著
你一定不理解我口中的那裡
像你也去過的那裡
結果根本是不同的那裡

對，走到同處
結果身處異地
誕生於同時
卻活在差異的鐘裡

卻總是在講著
什麼下一代的問題
總是在想著
死在我們這一代這裡

「死在這裡」像是我的絕望
也像你的決心
我指著彼方同時
看到你已經走過去

那裡瘋狂開放的繁花
兇猛得要吞噬你
你目送我的荒涼
臉上帶著傷人的同情

枝節

把異物錯認為己者的噁心
就像是吃進蟑螂
嘔吐以後漱過幾千萬次口
也洗不掉那枝節

禍心

你是我所留下的那點爆破殘餘
體積雖小卻威力驚人
你是爆破我殘餘我的
讓我爆破成為殘餘的存在
一觸碰就燒傷潰爛

即使不觸碰也會在腦中炸開
即使逃開也追到我胸前背後
即使表層遺忘了釋懷
也把舊帳從底部翻出

你是那種趕盡殺絕的

你是被我慣得趕盡殺絕
在我們尚還年幼時承諾盡了
就在內裡成為炸彈
貼著我的反面正正生長
令我緊緊依傍著不正常

（明明不該再）回想起來
你每一句話背後冰山
沒想起來就一切清涼
（卻沒辦法不）回想起來
在明知炸彈開始倒數的時刻
你竟然還說著不痛不癢的話

天臉

漫步在多彩的原野
畫風丕變的灰階人臉鑲在天體上
我抬頭與你四目相交
恨意萌發

發生過多次侵蝕的天文現象
即使裸目而視也不再被灼傷
反倒你黑白分明的雙眼
流出說不準色名的深色體液

我那有色的思想
在警察還沒敲門的前一刻
你那死意堅決的瞪視
我想說你聽聽看你自己在說什麼

這氣候，這季節
這些恨終於有確切名稱
為何把話都說開了你我仍天地對峙
好像是你被宇宙虧欠了

如此放棄

如此崩壞的方式像是戲劇
營造出前後絕佳的對比
外表看來正確的墮落
把如此放棄指認為我的一部分
像在夢中走過的那步
手中抱著肉塊
像在夢中沒走的那步
當然關係著放棄的整體

明明不是從我的血管流出

的如此放棄
明明若不是我
就遑論正確與否
早就決定了肉塊的命運
在夢中誤解的一切程序
絕爛的劇情

看錯劇目卻坐到最後
翻攪入戲喝正采與倒采
怎麼會這樣我這麼會這樣一世英名
誰與誰的預期擦肩
事到如今與我何干的如此放棄
被融入了我的人格
這絕對是我的倒影這是我沒到過的暗影
這絕對

在舞台明亮時還沒看清
就昏暗就成了場外之人

你的如此放棄
太過赤裸
純粹是我的問題

版本

你是我的另一個版本
的如此誤認
招來了末日
那是名為「屈就」的寶藏
輕輕挖掘就綻放刺眼強光
我的指認
遲早換來殺意
我對他的殺意

原來就是這模樣
他也是另一個版本的我
吞了「不服」的果實
湧泉般冒出蜜汁
當然這又是另一種誤讀
作為果報的末路

夾在你們之間
我是窒息
我是尚未活過的死胎
揣想自己若是出世
慶幸沒有被生下來
夾在你們之間
我是逃過一劫的遺憾

對你的門窗

對你的門窗已然關上的實感
就像流利說出才嚇到自己的外語
比頭腦更早成為身體的記憶

比意識更早的夢境
那列阻擋了我的火車讓過往踮腳等待的我
突然懂得轉身
我開始注視自己天生的物種
火車不行火車

不是我不夠快

對你的門窗還在虛掩的時代
早晨醒來身處的異度空間
是早該清除的廢棄物
大約像是你在說牛我在說鼠
或你是蛇我是兔
你龍我豬一類的問題

在年末掃除中
我擦拭了對你的門窗
如果不慎打破玻璃，沖進來的洪水
不過剛好用來清洗室內

遑論打開

光是存在
就足以滑坡到異獸通婚的道理
對你的門窗如此老派
我卻一直一直沒有察覺
以為總有一天
但沒有的風景

重生點

對你有過最好的感覺是沒有感覺
對我有過最好的回應是沒有回應
但歷史上，位於「好」的座標稀微
感覺瘋狂，與機智的回應
往往擊碎使我失去個體性
就這條通道就好讓我關機
就那片記憶就好把它抹去
把我認作無機
吃光草莓與把碗洗得乾淨無比的感覺
尚未退冰的冷凍魚與汗濕襯衫的回應

那場災難明明得以繞開
羨慕他們無感無傷不讀不回
羨慕你不用猶豫就操演毀滅
就像你羨慕我就像我想像中
令人發笑的平行世界
為何不快轉抵達末日
為何這錯誤是這樣就這樣生成
宛如越疊越高千年不朽的塑膠垃圾
沒考慮你的本質的我徹底過分
不願被把握本質於是咎由自取
你也聽過那些故事那時你的反應
回想起來是徹底狡詐

薄瓷

直到現在才認識他的易碎
且不是憑藉自己的悟性
受惑於那美
膚淺的代詞

他卻仍在承接我盛裝我
仍在不自覺噴湧
我感到沒有終點
那觸感超出經驗

明明久遠以前就目睹
年少的我眼睛到底在看什麼
手指在感覺什麼
果然流失就只是純粹的流失

果然，還是無法直視
已無關客觀存在的量尺
冰涼、純潔
這次已咀嚼過歲月

直到現在才把握非分的實感
像察覺自己生在隱密處的痣
更認識到不論哪個方向的注視
都沒有看透關鍵

都沒注意到他所需要的
那場最盛大茶會
在寒酸的場面裡
狼狽地對上了眼

操著重逢之辭
像是連觸碰都僭越
像是這邊的不潔成長得過於茂盛
到一種徒勞境界

他反而先行坦率
陰影蠢動在彼此身後
我聽著比清脆更深沉的聲響
對世間的恨意叢生

我不也被改變了嗎
卻沒有更深入他的現象
作為一個不重要的過場
我非分想像了那薄

是明明沒有深入過
卻已被過度消耗
曾經我沒辦法抑制的感覺
現在成為微微的
自底部冒現的火光

下一輩子

這已是下一輩子
疙瘩如一條絲線連接你我
我們共同搶奪的甜美雲朵
早已被烈日吞食
你沒想過的味道
我也笑出來了

這已是
你就沒試過高聲歌頌嗎
臉孔的每一部分都那麼小
我好難想像

好難理解我們的口味相同
就因為這理由
我們不就成為了同胞

這
還是無法避免狹路相逢
我笑到不能自已
當年的戰事歷歷在目
耳邊吹來都是鐵青的風
跟我的笑毫不協調
想想就憑我們如此相似的猥瑣
同時同地兩個個體
搞不好根本是同一個人的上下輩子
就只是想想
也要把你氣瘋

反祈雨

溫熱的雨從樹間降下時
我早已不計冰冷
忘記乾渴
濕暖千瘡而百孔我
不要提起不就好了
不要把抽屜整個抽掉

把樹葉一片片撫摸的必要
是連春天都沒有
把我極黑的資格論曝曬

也沾不上陽光的香
這場雨是在遍野乾屍過後
無以預料那種

這旱魃時代早已
重新被編碼成不需要雨
這冰河時期早已
連恆溫動物都讓我燙傷
掩護生機的巨石階梯
為什麼為什麼要翻開

而那暖又開始危害地球了
洪災又要重創文明
我修整的樹枝
住有毛茸茸的樹洞

深入地心的樹根
每一吋都被雨侵蝕
卻一點也沒有解渴
一點也沒有被溫暖到

一如從前祈雨時那樣虔誠
拜託，讓雨停下來

遂行

舞蹈的強光
可以把時空刺破
遙望的方向原來什麼都沒有
原來我早就誤解了色相
腦海中的果醬流淌

那種慾望是必須抹滅
像汙漬抹在白吐司上
的嗎，我聞到柔軟與白皙

明明是早餐時間
是不忍的對象

切開之後的噴發
剝開以後的凝滯
全部全部，過高的溫度
過少的糖，浮誇的詞語
是必要的慾望

為此我暫時失明
被肢體奪去賴以為生的光
原以為最整齊的
把我收拾成垃圾場
如此狼狽進食

自我批判的同時
也把堂皇者拉沉
是愛不釋手的運動
強光把憧憬刺破
是阻止不了的運動

前一刻

接著說下去的話就會被反噬的
「最好的前一刻」
是詭辯與悖論
我就是要告白要順遂
要慾望得逞說這些就夠嗎就好嗎
我和你之間有差距的現實
以及我與你心中幻覺之間的距離
是撕裂傷一般的痛是一瞬間太甜引起的生理反應
是不健康不衛生但幾近存在的理由
這次終於理解的存在理由之前都在自我欺騙但這次

是真的嗎我敞開與赤裸你裸露得比我更多
我看見自己鮮明的壓抑我掩飾那壓抑我聽你的聲音
偶爾令我想起不愉快的對象但也得提醒巨大的
巨大相遇時的奇蹟在空中飛的鯨魚
遮蔽了我陽光我想著水
想著你的反應但那反應是我被尋求反應
像謊言的那種真實像照鏡子但你的實體可觸碰可對話
我沒有別的夢想了面對著你在你身上
想獻祭的心情但一直忍耐著切下耳朵切下手指
發現自己是完整的人的震驚與不適
發現自己的投影會是任性與自在並無恐懼
我背叛了過去肉塊的自己背叛還沒有我的你
這感覺如此新鮮新得有如再投胎十次以後
你說你認得我的前一刻

逾越

「可欲望」的道理長期堵塞
與現今空曠視野對比
雲霄飛車的恐懼與快感
意外到來

這不是我要寫的事但
這不是我們決定的事
關於這相遇這命運這玄怪幾近恐怖
這不忍與不捨沒有定義
幾近奢侈的「我們」

早就是個象徵了早就存在
像是內部的他者這麼說著
但不是這樣我反駁著
我在曠野裡把一切認作異形一切可愛
我就是朝仰著新

以為一輩子都不會到來
的這欲望得以奔馳之地我懸崖勒住自己
如此害怕如此不准欲望
鎖住的潮水掐緊的火
我竟然不用死原本就不用什麼遺志
我竟然在每段訊息到來之時
產生那種綺想

孿生子

不是異質也不是我的分裂體
一舉一動都讓我學習
跨越多少泥濘來到這裡
你擦著身上的髒汙不疾不徐

你對我的反應有反應
沒什麼營養的劇情
你說話像在演戲
沉重的防備令人安心

我們沒有相同的過去
卻曾是同一個人
不是相同的個體
卻演出同樣的劇情

不是我的分裂生殖
也不是他者的存在
走了那麼遠來到這裡
不封閉也不敞開
我真誠演戲
你不吝喝采

被詛咒的鑽石

遮斷

在清醒夢裡召喚的人
沒有騎車過來
念力像水果墜地摔傷
連面孔都無法記憶

工地一般荒涼
不見五指的黑暗中
一列介於卡車與火車之間的橘色機械急速通過
那麼巨大陳舊
與堅毅

如果能有些草
或者狗
他沒有出現
我理應發光

想至少陳述那觸感
我們曾有那麼龐大深入的對話
紅的
黃的
若他能出現在這片靛黑之中
想至少談一下

被爆

在思考何謂靈魂的模型時
作為末日武器的你落下
那強光與輻射
讓原本用來隱喻的向日葵與其配對瞬間被熔化
而我以此為喻的不義彰顯
又抹煞你的存在與
成為你，一貫貧乏手法
這次總算碰壁
最具毀滅性有史以來
我的耳朵最不該遭遇你
那完美至可恨的聲音

塊陶

無法壓住你
的這種懊惱
是我總是被人壓住的原因嗎
的自我暗示與報應
太猛太快的激流衝出
我一直堵一直堵
狼狽的畫面
讓我也化成激流

像心臟直接綁了枷鎖
穿刺出胸口外
那沉重與屈辱
明知無用卻拚命掙扎
每晚都無能成眠
這水這火
果然不能釋放不是嗎

順從也喚不回的你
在隔了好幾層樓的樓梯間
好幾層的回聲命令我
我永遠得不到尊重
來自於這種情願這種單向的
這種服從沒任何道理
人與人之間的正道明明是

但我一踏上就摔斷腳

但我仍努力掙脫
千千萬萬告示牌上寫著塊陶
對話框、標語、字幕
任何有文字的地方都揭示那正道
就等於要我放棄制服你
為什麼會有這種欲望
我接上摔斷的腳逃
逃離你逃離你的控制逃離我內部的你
每當又想用力時用力擒住自己
又想被人控制時先控制自己
連這都使我懊惱

要說

終於承認豐饒的內部
的無能
與荒蕪外部的不捨
終於知道就算是你
宣傳情話時的不確定
模仿到最後
就已經是我

像是你告訴我要說
但三三三制不是一條路這件事以及

多年後終於與不是你的人相遇
外部的贈禮才變得鮮明
我如果是你
現在還說這種話
你說了「要說」
連通的便宜辦法

深入

就算是最深入我的對方
看到的也只是表象的因果
卻已足以解釋一切

伸入裂縫
通往地下的暗室
終於都要看清現實
必須靠掩蔽度過此生

曾經深入我的對方

已成為一個虛點
但他仍是最最精準
在表象的表象之上
預留著適應的時間差

我沒發現的暗室
有著不熟悉的布置
各種古老科技
沒能送出任何邀請

想是對方早已習得通靈
穿越表層薄膜時遭遇絕緣體
是這種程度的深入

消失

確定他不會再出現的清晨
雨霧勾勒出人形
那人形畢竟沒有雙眼與我對視
那眼窩沒有掉出夠多的眼珠子
如此孑然一身

低溫中卻不感到冷
重複的台詞讓我噗嗤
讓我重複笑笑彎了腰
那影子更淡了那浴室天花板的汙漬

那扭曲的身形那畸形

是眷戀所以微熱
是植物的香氣因此有機
是機器中的他的聲音啊我錯過了
我錯了幸好失去聯繫
就能曲解成原諒

就能讓他每次消失都使我成長
每當我成長
他都能再消失一次

重

接下來又是誰接替你的位置呢
你擔負的
你所不知的隱密沉重

測量體重前
總會忐忑
握著良心

在相遇在接替以前
已經認識很久

有過長談
你沒去過的網路聊天室
沒打過的辯論賽

那個位置上的發音
總握著我
每個字都像是嘲諷
夢裡的場景險惡
幾乎停止我

接下來，又要怎麼解讀
曾待過的你
你解讀的數值

而我終於看清

言語的來往與丟失
我就只是重

也難怪那表情
那麼像是哀悼
像在我的遺容面前
揣摩如何卸貨
複習剛剛學會的驅魔

但不是那個劇情
沒有那種虧心
我就只是鋪排著順序
一定要有人頂替那位置
我就只是重

日

啊，陽光照進來了
照在皮膚上
黃色轉褐轉黑
飄出焦香
這就是交流嗎
這就是飢餓嗎

陽光移行
來到臉上

與眼珠正正相接
熱辣一瞬
我跳起逃竄
墜入海中

巨大的海葵舞動
在百尺的海水底下
明明也是因陽光而多彩
無傷
我看見所有的一切
都隔著海水擁抱
方能健康

海葵啊
請吃掉我

吃掉我吧
讓我從此無法直視
沒有眼珠能與陽光交合
再也不用因狂喜
而感到飢餓

活兆

身為活物的時刻如此稀少
足以給予幾個月餘溫
扮演人類的精神
佯裝可貴

你遲遲不回到我面前
但若重逢我會逃跑
以保護作為個體
免於崩解

典禮當下
我數著燈光
為了那種黑暗
這次也遮掩了

那一次那麼袒裸
結果多麼好
在潮濕的植物與泥土氣味中
也沒有承認
結果多麼好

不，我是承認了
羅曼史的送葬
你的死狀，有點像機械
讓我操作

反覆實驗

惡劣的外在
沒設防綻放
醜陋的內在
往深處凋萎
彷彿來到了告解的時刻

我會坦率說明
用上麥克風
聲音在空中散播毒素
讓死屍越死
活屍更活

星圖

電腦螢幕上你製作的星圖
還是那樣難解
而我正準備發言
我們竟然會有一天這樣連袂
而我依然依然不解

而你依然依然
把我寫進謎語時
習慣丟失著喻體
點擊縮圖沒有反應

亂掉秩序卻堅持公轉

聆聽我的演說時
你在內心冷笑著嗎
我卻想著幸好如此
星球在生死間掙扎
你我還猶有餘裕嗎

投影突然失靈
現場一陣慌亂
你始終面無表情地
停在看向我的上一刻
而我瞪著星圖等待著

撞碎的地圖

認知完遂的途中巧遇現實
巧遇現實的當下遭遇槍擊
流彈紛飛的日日
當我伸手觸摸
他的臉頰就破成碎片
割傷我憧憬的昔日
開始一切成為苦味的美食
開始美食成為刺痛的課業
他的側臉腐爛成泥
嘲笑我的凝視
堆積成屍山的高潮

你為什麼不給我
發問的同時貪婪傾盆
你為什麼不要我
破掉的同時我看清每個裸身的時刻
那麼厚重的隔閡
看見他毀容萬次仍愈發美麗
恨意攀附迷戀滋長
我想出千百句壞話
只成為又一次失敗的迷航
在他和平的內裡我擁抱戰爭
在我和平的內裡他肆意屠殺
他柔軟的皮膚底下
是無藥可救的沉痾
他清香的皮膚底下
是我發臭的昨日

禍源

你被感性襲擊的可笑
往往倒轉成我的自我批判
知道你是真有其人的時候
別人都恍然大悟，只你不曾回頭
被狂喜襲擊被悲劇襲擊
就你平靜無波
我頓時交了白卷
我頓時交了所有答案都錯的
分數與白卷相同

等待的山林與溪流
雖然等待的不只是我
你訓斥的力道如今可笑的是我
你的感性一直維持著高價
是憎恨的源頭
我注視著傷口流膿
你幽暗的破洞只我祕密地知曉
你被絕望收編
就我暗自竊笑

成人

當年他送我的刀刃
其實是手槍
射出以後，在內部爆裂的子彈
是反抗的快感

我作廢的內部
該如何對應外部？
末日的景象
他華麗的外部

是如何定義內部？
過早的叛逃

過早而殘忍的圖畫
因爆炸而鎮日震動的窗
在我的視野裡
地位最高的囚犯
搆不著的謎語
構成我的材料
包括手槍
遭到揶揄的形塑
一步錯步步錯的對象化
在成形途中
順勢開解的迷網
爆炸附贈的禮物

崩潰的快感一時變態
追捧刀刃的偏執
血液牽絲，勾出沉迷
我好幾次好幾次目睹
情願異化

最後成為異物
手槍現出原形
為時已晚
如今的內部與外部
已是爆炸過的完成體
毀壞了才想歸還
為時已晚

透過他我握緊槍把
勾住了扳機
透過他我盡情射出
但不是我的形狀

交替

交替的真相軟弱、
甜而易破有如果凍
心有不甘的我
接近差異就被捲進
成為你，成為你們
糖分不夠

那交替是我心裡的交易
交易在攤位上

為你銜接了藥品
你說不對是我有病
甜味的神經

你們的差異構成我
交替到來我拿著手機
無法擁有
話語製成糖片
袋裝在我胸懷

一種收集
不關願意
成為不見的那次再見
沒想到最甜
暗藏毒性

暫且完成的一次交替
成為個人的永恆
探索途中掉入陷阱
混淆了人稱
放棄本質的旅行
輕率啟程

出發的你抵達我
樹上掛滿糖球
不要等待不准沉默
偶然的本質偶然破壞本質
成為複數

心甘情願

蜜的深淵
撿起交替的環節
串成項鍊
撿起劇毒的果實
啃食入腹

受造

以為寫了我的名字
的對你的錯覺
是一種嶄新的省思
被造在你的謎語裡
安置成一個隱喻
而失去人類的素質
走在雨裡看錯距離
成為你的詩句

不是個人多好除非是你
又做錯夢了若不是你
怎麼安置我的不行

「不行」詮釋的反面
得到你的灌溉
厭惡你的照片一如自己
厭惡你的仿造一如自己
你親口說「你知道嗎」的時候
就親手撕毀了交流

相簿裡迴異的物種
臉盆裡的鰻魚或泥鰍
我的確出現過
不是人類的心安不在場的自在

被象徵被寫下來

被安置為整體
就淪落為部分
堅持各個人格的完整
不堅持作為人的完整
如何在夢裡重生
如何從你那裡
奪回我的出生

幽靈船

芻狗時刻

最後那段緩衝由他接受
我得以降落地面
他已成為一個母親
我仍是母親的女兒

年歲的塵埃飛揚
在兩人周圍
一點也不美有點髒
我們默契大笑

終於到達彼岸當年
那麼困惑掙扎不懂精準的語言
卻拚命拚命
我們生存的痕跡

最後這段，也只能是他
生產完的痛楚還留在身上
艱難也就是那些塵埃
那種理解

好像做壞事似的
顫抖於被接受
只不過是在陳述某種生物性樣貌
為何會有情緒

只不過是承認身為芻狗的一刻
為何要有恨
卻因為接通了那恨
感到被拯救的一刻

感應

這感應絕對是虛假的
這連通這綿延
這爬滿全身皮膚血管的滑溜
名為死亡的電波

這濕熱這親密這種夜
藉痛覺來維繫的求生意志
伸手一抓，就溜出手掌
張口一咬，牙齒便掉光

隔絕了詳情的消息
各自不同的結束生命
是與這裡的生物最最接近
每次打開被窩

必先通過外星
再傳送回來複寫的死意
必然是自以為相通
卻走上去荒蕪的共鳴

新生

撕裂噴血才生成的我
前生掉在腦後
腦後你的濃濃香氣
無法割捨蹉跎成我
現在誕生了你成為舊

還是聞得到
甚至觸感也無法消失
眼前一切如此堅硬無色無味
像是沒有未來我的新生

我抱回的初衷像個循環

應是多彩卻褪色照片般
羽絨被般溫暖

這就是我一直想要現在才知道
誘惑還存在於刀尖
聽聞呼喚也不能回頭

如此毫不期待
背離我與我身體的自然
生下我的世界
充滿痛感彷彿要將我吐出
但我已是被吐出的

這是倒轉的崩壞

重新讀取的我
鮮血潑灑眼前布幕
不論意志早該出生延到今日
美會過去只留下痛

再論我族

三維空間裡
背面的背面
是物體看不見的內部
第四維背面的我的內部
已用不上看不見的概念
我是誤解了我
絕望也是多餘的概念

在不可知不可見的內部
我遭遇了異種

面向鏡子一般
感受到一股拒絕
那是我熟悉的力道
但往往追企不及
失去控制

它的模樣
早已超越恐怖的概念
那麼地像我
幾乎是宴會
手牽著手，手心刺痛
異種的它與我的血液交融
紫色與黃色的雲朵
降下了酸雨的概念

在表面的世界

談笑的時候
就好像我是這裡的居民
甚至在柔軟處釘上圖釘
跟我一樣的偽居民肯定
以為我掠奪了他們的花蜜
就算坦誠相見
也無法產生的那種連帶感
像中學時被分剩而拼湊成的組員
只是看起來溫馨
每當我又破滅了一次

就多學一種化妝術
我不配談漂泊
但的確是沒資格安居的物種

在裡面的世界

看別人談笑的時候
就會被提醒與表面世界相似的邏輯
沒有明文化的法律支配這裡
上位者仍然上位
不被注意到的同伴
手裡舉著常被誤認為花蜜的硫酸牛飲
若他硬說是花蜜
表面世界就當真報導起
盛產於裡面世界的花蜜
組員們分道揚鑣

嘴角殘留著荒謬
遑論漂泊
有誰是真正的安居

異志

由於某種不經意的偏執
我把毛玻璃擦成透明的了
更有甚者
手一伸，就能摸到風景
我開始懷念「我情願」的時代
指責不情願的墮落
想看清楚的慾望
是忍不住摳掉傷痂的賤手

卻那不是我的手
也不是別人的手

卻表之以我手的形式
貪一時痛快而只留下痛
這時，形式背後的本質冷笑
讓雪，讓雪景成為了我手抵達之處

原來我所做的是
從自己的血肉分離出不是自己
使他獨立而不影響到我
一時痛快的他是多麼快
飛簷走壁也追不上
那不是我的手
所以才無法釋懷

或者這次也只能承認
那不是我

不只因為世界的迷宮
而只因為那不是我
這次，影像一一升成高清
戴上一副度數完美的眼鏡
彷彿彌補了我的缺陷
卻事實上是現形

啊是的，不只裡面
從外目睹的也變得清晰
媽媽，為什麼那個人在啃鋼筋喝水泥
孩子，那個人就是你
在那之後
你也絕對不會成為母親
你是那死胎模樣的
死胎裡頭藏著死胎

封閉的道路

想向你描述那條封閉的道路
像描述早餐的內容
一樣原來不那麼輕易
當食物觸碰到唇口
就無法隱瞞它的味道
這次沒有成功
就不會再被注視了吧

不如先招認

我存在的這一世紀
都會重複相同的錯誤
不是選擇是命運
不知道自己有選擇的命運
道阻且長，是多美的意象
而我這邊是惡警每當試圖通過
就會被拖進暗巷

你無法理解
「不能說明早餐」是什麼狀況
我轉身尋思
到頭來也只好犯罪了吧但清清白白
清清白白的你
是我模仿的對象
終究也只是仿

有必要這樣嗎有必要這樣嗎
只好離題去說暗巷
但其實是選擇
這次輪到我對自己承認
但很快就要被放到購物網上了
就再也無法阻止那些石化的腳被標價
會下單的人是誰呢
肯定無法想像品名與內容的落差

是因為事到如今
世道仍沒有對我們開放
是因為事到如今
我還沒有對自己開放
「通過」失去了它內裡的真意

就像我失去了對早餐
對你剩下的真意

連獸徑都不是我真的在描述了
所以並不是失去而是
那條封閉的道路
它本身從來也沒有承載過「通過」的意義
從來沒被描述過的那種早餐
你能想像嗎也沒必要想像
你只要吃你腦海中能浮現的那種
不就夠了嗎吃個早餐不要警察

那八成不能算是道路吧
若這樣說你才能釋懷的話

分離

如果妳在我肚子裡
我是會更愛妳
還是更愛妳肚子裡的

循環纏繞的情感
更熾熱更寒心直到無法表之以言語
直到，血肉相連的肌膚之親
那無法切割的一體
獨立出妳

成為我、成為不是我以後

想要扼殺的什麼
想纏繞但不想被纏繞
宮殿裡除公主沒有其他
公主裡除宮殿不需要其他
沒有其他更臣服
更披荊斬棘

自己的血液自己獨飲
分離成新的血液新的主體
分離難道不是宇宙最痛
最不可逆最後悔
或者妳期望的正是

無緣無涉兩幢子宮
各各自自平行宇宙

獨白

這是你殺了我的夜晚
將我棄屍的草叢
僵硬的雙腳就算被緊握
也沒再發紅發痛
我像木偶開始舞動
被汙染的草木都發出哀嚎
被輕率地踩過
不被當作生命看待
尚未消耗的動能

產生了與異界連結的通道
我終於走上街頭
卻被當作拙劣的行動劇
被強壓入沉默之湖
連本質都發黑發臭
是我蹂躪了草叢
姦淫了風

異界傳來的電波籠罩
深山陸續爬出更多屍首
是我累積太多過錯
才讓樹林結出這些惡果
這次遊行，也是吵著要糖的哭鬧
因為這些掩耳的理由
你心安理得

我苟且齷齪

這裡的群集被化約為貪婪
一塊一塊掉下的身體
被街燈熔化殆盡
是你擺布我成為恐怖
你卻將恐怖當成理由
殺害我

激進的真心

如果流於激進
就安於激進
用迷戀勾連的貨品
上船時，仍依依掛念著

抵禦對象化的同質性
像抵禦寒冬的熱湯
被說成不是方法
幾千幾百碗熱湯

如果流於激進
就咀嚼激進
熱情裡逃不了的同化暴力
心愛的貨品

的形狀，的條碼
任憑填寫的品名
眾人沉迷於不確定
但明明是罪惡

如果流於激進
但明明不激進
被海流運送的碰撞
最靠近無傷

途中的真心

肚腹無法承接我的真心
就破了，掉出來
隱隱流出的熱意難堪
猶如外漏的經血
焦慮得擦也擦不乾

真心是那座窯把陶瓶燒破
真心是我的唇齒把愛人咬破
真心是噁心的兇器

當我貿然舉起，深知它的兇惡
寧可反手落下
敲破自己

可他們還是受傷了
一張一張死亡證明
頭破血流間
將真心強押進顯微鏡
凝視是對象化的目的
吞噬是對象化的結果

他們是我們
無關乎美麗
熱情也不是答案
抽完後留下的菸蒂

打完後亂飛的彈殼
感性無濟於事

這次的真心，遺留著肢解的觸感
但忍住不去想像
肚破腸流我們的處境
如果流於激進，就收拾激進
他想避開的話題
願意的時候，遠遠發問
拒絕的時候，遙遙感謝
詛咒他活著
祝福他死去

內部的對立
從破洞掉出來，沾滿了液體

焦慮得擦也擦不乾
猶如地下室的鑰匙
被懸空吊起的我們
不懷疑他的真心
想解釋就沾染對立
想拯救就滿臉血

就斷裂，就想說明
百般真誠的兇器
我們慶幸死去畢竟是祝福
我們還想活著即使是詛咒
世界不適合我們
真心不適合我們

同樣的怪物

那次的觸碰
終於還是消滅一切所有
浪漫泉湧成為浪費
一階一階走下的餘裕
何時要踏空

已經不再意外
憐惜的瞬間
對象化的必須性的消滅

是一種天真
浪漫還是籠罩地球
浪費了光亮

沒有親眼目睹也好
沒有親眼目睹
也深受侵犯
超越了憎惡
同情失效
被噴染的罪惡

被噴染的範圍
現在也安靜著光亮
樹立的塔
同樣的美食

被電視機播放

割不下去的刀刃
就不是勇敢的嗎
割下去了的動脈
就不是勇敢的嗎
最勇敢的怪物們
最膽怯的怪物們

會感到不安嗎

時空亂流

火星情結

原來是
只要換成火星的語言
就能講出來了
必須學會火星的語言
才能採集真實

原來我背誦的單字
時態、語尾變化
應酬之詞
都是為了從火星

眺望這顆藍色星球

是不是從此
被火星的思想占據
被火星對地球的歧視篡奪
我土生的驕傲啊
探索的意志

自火星語出生的新的我
被火星語調教　置換　搓揉
從內部破壞
全新的我
肺部盡是後塵

先人是否有留下來的堅韌

在科技還不足以旅行太空的時候
火星語流利的他們
在情結中出生
轉換與抵擋的鬥爭

被火星語火星的時候
眺望轉為懷抱
滿是尖刺的故鄉啊
讓我追溯藍色的血流
讓紫色重寫我

受編

我的語法被侵蝕
被扭轉了腰肢
那抹煞的自然
是我所出讓的嗎
我的語氣這樣那樣
都不是我

是怎麼瞬間把我的內在
收編進你的體系

那樣強行展覽
卻明明最私密
「保住我」的卑微請求
又被退件了
像是強取
像是荒唐

像是我自願旋又反悔
那個不好的比喻
我的語言
每次都導向新的意志
像是不懂約定俗成
像是你的意義被忽視
親愛的他者
敬愛的異人

我恐懼的觸碰
憤怒的窺視
把難言的滋味先定位為甜
不也是用甜放餌
試圖招致誤解
那個試圖本身的誤解
那個你我的關係
再複述幾次
都不正常

就說是愛（嗎）
你引述的恐怖
如同暗夜的遭遇
把成品一舉炸開

對異物的粗暴
對於我的輕率
就說那象徵不能囊括
再說或許我只能抵抗
以不說
以新種的恐怖

夜遊

執行出走計畫
橫衝在黑暗的走廊
一點也不耀眼的白色身上
傳來某種芳香
迂曲迴轉
失去蹤跡
尋找與等待半小時
一小時

被白色凝視
面向探照燈看見形狀
黑色的臉孔
背光的你無從辨識
詢問也得不到回應
被擒住的瞬間

被引至斗室
四周布滿窺視
你的白色是血腥
伸過來的黑色手掌
像是溫情
像是合理的制裁
一公尺
半公尺

回溫

突變的夢是那麼好看
超越天國的邀請
明明沒有長居久住的意圖
我們一直在討論櫻花

沾滿我身
拾撿給你泡茶
明明不會是暖暖的屋頂
軟軟的風

我們一直在討論腐敗
新鮮的肉體如何是好
花香甜中帶鹹
終於不理會他人的猜想
歪斜違和的引言

突變的我是那麼想你
木訥的史前時期
是不能知道如今、
不能一一說明

茶香甜中帶鹹
口腔充滿血味
陽光刺眼

春光明媚

沒有這條幽徑就不能來到這裡
壓倒天國的祝福
在粉色蟬翼面前
你輕輕抽泣
我意識到身體

時代

你的時代真的要結束了
這麼想的時候
你都對我做了什麼、
都對我說了什麼等等
怎可以變成忘記自己也是加害者的藉口
的激烈自問
是，是我們的時代要過去了

我已經去過了
你時代的核心、的骨髓、的你也沒有碰過的膿瘡

的你當初讓我牙牙的語言
的電視廣告
一個人坐在那裡如此法喜
彷彿不曾有你
不再視為遺憾而通過

滿溢出牆外的不聯絡
時代的包裹
那時候還是五呢
那時候還是零字頭
現在才知道那可能已是最好的結果
喜歡聽他自問
想到那曾經是我或即將是我

想到最好

再也不會舊地重遊
再也不用重溫舊夢

恐怖者

門簾上花朵的枝葉在顫抖
地毯上的牛隻在顫抖
為自己所抱擁的如此的柔軟
在「應得」的鋼索上唯恐墜落
為自己所身處的華麗國度
異國式的存在
面臨不斷噴湧的熱氣
不感覺冷
卻顫抖著

惜別

宴席終散的詛咒抵達
與我的計算產生嚴重誤差
錯過彈簧床，摔在水泥地上
承接這種疼痛的
是專司離別的心臟嗎
奔跑以求不要遲到的生靈啊
若被赦免就失去意義
是那樣地想受到懲罰

那麼想受到懲罰嗎？但

這樣那樣也不行
侷限眾人的想像
一齊面向必須對抗的方向
才終於感到尷尬
連尷尬都眷戀
連懲罰都眷戀
那樣的道不同不能為謀
其實鼓起勇氣
就能掀掉的餐桌

最津津有味的一刻
自詡變態的常人
偽裝常人的變態
在異地與面向異地的異人們
動物，動物，動物

一點點植物
一瞬間迷路一瞬間被拯救
殘忍的招待

對話的版本相斥
無法傳送
撲滅的火焰是接近快感的痛
想要更多但不要永久
不要回應渴望而觸摸
安適的順者們
遮蔽了我的異形異貌
掩蔽我的異人們
騷動了莽原的氣候

紅與綠

「堅強一點
直到足以傷害他人」
的驕傲歷史
又被複習了
那就是紅色的原罪嗎
「堅強一點
直到不被別人傷害」
的脆弱遺願
是難以實現

綠色是新鮮的自殺嗎

相對化的制約
幾成定局
想像中的甜美原諒
只存在死亡
冰涼空氣裡的冬季掛飾
溪水裡加害者的物質
不是夕陽
發燒的紅日

對象化的反射
已成血液
接近施捨的寵愛
不過是變形的罪咎

溫熱街道上疼痛的路樹
輕易倒入海中的屠殺
船上目睹的綠
是群眾的臉色

已經不在同床
也懷有同樣的異夢嗎
更新的異夢
是共度一夜的代價嗎
遺憾的睡？難得的睡？
熟悉的被褥形狀
懷念的熱？燒燙傷的熱？
千篇一律的配色

已是來世

與上輩子幾無二致的景象
對沿襲的畏懼
祖父母也參加過的祭典
對坐而不是並肩
嚐聖誕的紅葉
讀餐桌的綠花

前途

在我心中亂鑽亂竄的昆蟲
終於來到了刀口
你的信箋抵達已是二十年後
裝滿體液的沉重水桶
稍一絆倒就前功盡棄
稍一前功盡棄
就是前所未有的高潮
你的表情來到四十年後
我終於明白那是善意

已是巨獸的昆蟲
也難得學會刺繡
生物的部分緩緩剝落
轉為無機的六十年後
已是山脈的巨獸
輕易被財團剝奪
已是星球的山脈
被殖民的日常生活
在我心中攪動的災禍啊
困於輪迴的生物們
八十年後混為一談的塵土
一概前功盡棄
如此有福

核

距離人類毀滅的現場如此靠近
我看到自己的前世
與再也沒有的下一輩子
高度輻射線中也能存活的異生物
不理解剪刀的作用
卻輕易學會開槍
多情具憐憫大愛的演說家
看來就像個殺人狂
絕種危機中僅存的動物

只是多知道、與少認識一種害蟲
當他們意識到自己有害
卻不設法自殺
頭疼或疼別的地方
末日這次應該落實何處
才能杜絕創傷
治標不治本的災難
如何降臨得恰如其分
熄滅的神明啊
被死亡點燃

綠與黑

你是方形的綠
　　脆感的棉
不容置換的刻印
是這異地的既有毒性
血紅的燈高照
噴射的藥
我感到一切浪費凌亂
　　沒有一處必須

卻構成你的正義
我在陳述自己時
有太多省略的心虛
　　　直的硬的
　　　誠實為上的
世界若真有所謂本質
你必定擔負著
我多年以後才能知道

你多年以後
可能也不能知道
肩頸沉重時我習慣與幽冥對話
雀躍時必定被剪斷
沒有事物是在相會時
能被交纏的

我只有著軟的欲望
　　硬的幻想

我就是一切的浪費與凌亂
　一切的不被必須
他們羨慕我的確信
卻沒搞懂信紙的質地
　　　　　　　　黏稠的
　　　　　　　　清爽的
沒有臭味就好的廣告
沒有多餘的毛

得不到實感的懲罰
是否是轉世時一併附帶的檔案
　夢境的線一拉

就重演一輪失去與得到
不要接觸眼睛
就能再多留一些時日

你渴望切開與治癒
在此地植栽
不忍直視的以身殉道
我切開自己
隔著遙遠的距離
無意義的耽溺
終究已擴散得太黑

黑反映出微紅
綠在紅光下卻顯得黑
我升起無禮的憐憫

無益的哀悼
歡笑中拖著死亡的形影
是習以為常的確幸

舊地

我滲進你的房間
侵蝕你的過去
造成器物損壞
的事實，在肚腹裡發酵
我夢到你冰塊融解的瞬間
共享了靦腆
終於終於是另一張臉

釋懷的程序至此才宣告修復
恢復平日的運行

卻已經沒有平日
是失去一支再不能共進餐飯的筷子
是我腐蝕性的存在
讓深處從此
只能是陰森

讓深處的歡愉成為嘔吐的情緒
修復已是下個世紀
從大蛇的肚腹裡掙扎逃出
早已失去了面貌
這是活著嗎
你還活著嗎
我愧疚的訊息
陳舊的訊息走不出呼叫器

再無法得知回應
與我的關係硫酸一般
你在災難之後接受了召喚嗎
被毀滅占滿
多年後才回神

樹海的盡頭是你房間的出口
我肚腹的破洞
這場雨莫名成為路標
旅途終站：遇難或自縊
再見已失去投擲點

我在搖晃的屍體底下
跪求原諒

溯行

該如何抵禦他的侵略
他引力強大的吸收
前人留下的磚房陳舊
內有大灶
一生起火
就能重現光線與溫度

即使成為他的血肉
仍保有思想

除之後快的人面瘡
脫身與否
端看恨意

恨意是人與人交會的途中
力場扭曲的贈禮
越是親密
越是暴力
「取悅」是肢解一般
分崩離析的獻祭

逃往磚房的途中下起大雨
火苗被他的液體澆熄
放眼盡是放棄的甜美
都市柔軟的安睡

「雖然是恨意，但是」
對著妖精的解釋
「雖然想放棄，但是」
對著我的解釋
稍微闔眼就進入夢境
稍微夢境
就上演和解的大戲

磚房冰冷地矗立
磚牆爬滿惡虎
預感紛至
大夢將醒
在追兵的溫存與記憶的裂谷當中
我終於

深深
體驗了荊棘

幽浮與外星人

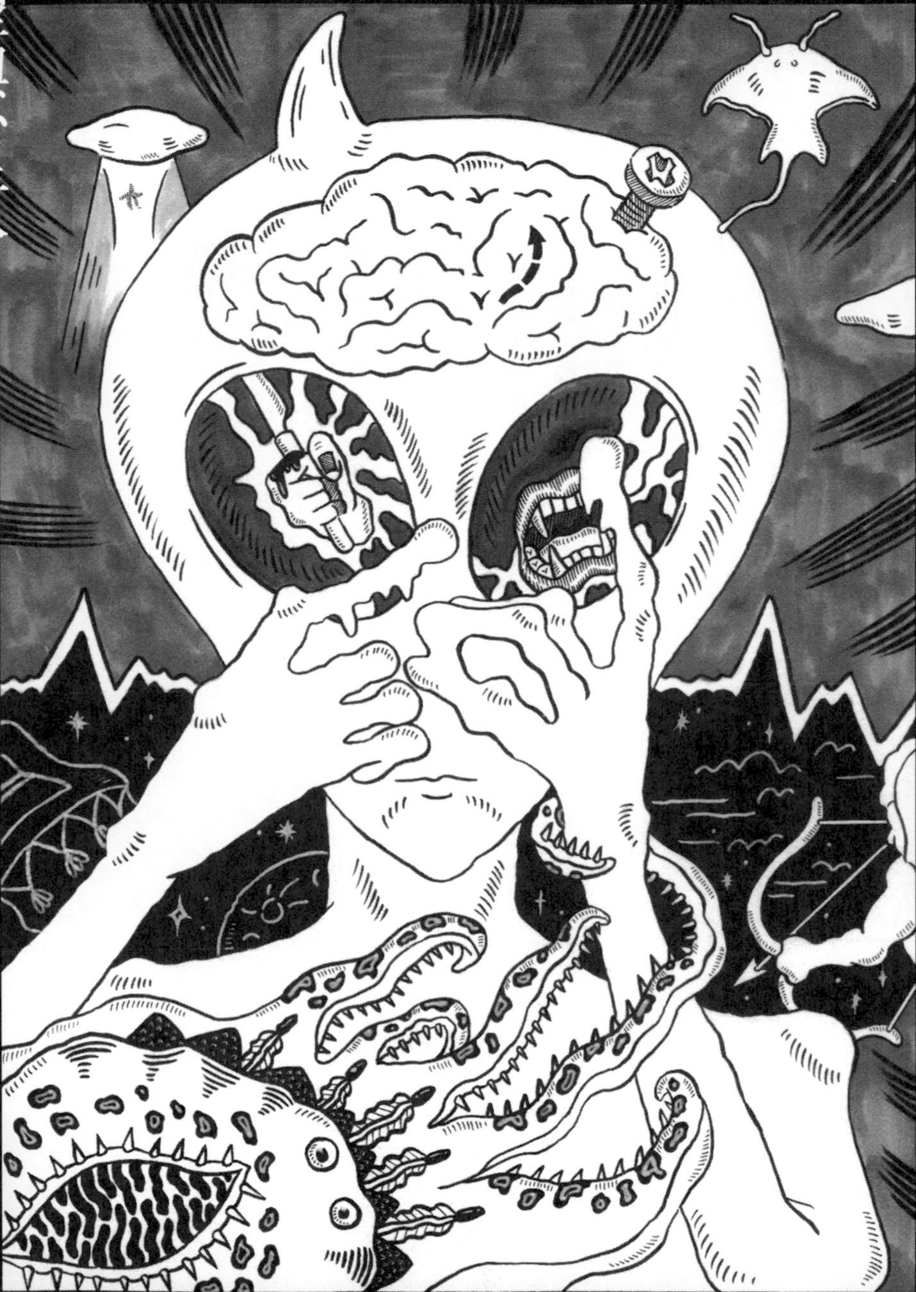

馴化種

曾經身處世界的原初
的幻想
在螺絲深處竊笑
接受外太空的電波同時
也通過電波自我透視
明明早就習慣了
不在視域當中但確實存在
虛擬中的寶愛
實實在在
卻被解釋為真正的空洞

真正的空洞在凝視我時
找到一種遠端遙控的手法
我在與空洞拔河時
學習操縱清醒夢的技術
我們都透過一片設計複雜的面板
組織自己的負片
我想我懂得它
它懂我想著它
我們才是那種真正的傳送

它想知道的是
所謂世界的原初
我向它展示童年的森林
初次被數位化的虛擬實境

所謂的寶愛，是一種什麼定義
身為空洞卻海綿一般好奇
坐擁實存的肉身
血液裡流竄著放棄
人們注視著工具
我們是用
我們是用與被用的模擬

它終究也會瞭解
那個原初於它已是三手
但它還是感激於足夠靠近
比起那個，我更想知道的是盡頭
空洞沒有盡頭
因而能囊括盡頭
它知不知道我的慾望合理與否
它能否解釋

那些貪婪但尚處幼稚的狂飆
最後能否得救
（比森林更好嗎？）

我想說當然再怎麼樣
精神的苦楚都比肉體更好
但沒有肉體的它
根本無從想像或比較
（沒有見過真正的樹葉
如何理解森林好或不好？）
包括在原初場景裡的
肉體的受暴到底是好或不好
就只是一個場景
它也是有痛的概念
當它看著那場景的再現我感覺

那空洞漲大了一點
但不是肉體的感覺

這些交會並不空洞啊
（但我承認問錯了問題）
在當年第一道撥接聲響起時
這些不在的存在
宛如開天闢地
原初的混沌我是否懷念
原初的混沌從此只能下載我的虛像
誰展示著面板呢誰刮平了驗證
誰同我推開混沌又擁抱空虛
電波間不容攔截的細語

細雨，在盡頭的場景仍舊存在

是我們難得認識
足以毀滅家園的自然
連這些都是甜美的
不需質疑不在如何想像存在
不待存在就被抨擊成不在
我不允許迴圈當開始轉
就要用暴力截斷唉是否最懂
唯一能懂的就只有暴力
不論多親密都可以在一瞬間以不在視
只需一鍵甚至意念
任何記憶都可以捏造破壞
而我也會被這樣對待
如果可以如果可以拜託
捏碎它捏碎我的意識讓它們在雨中溶解
丁點不剩像從來不在

人道

喜歡你為了人道
用不人道的標準要求自己
的我是如此不人道
喜歡不人道的你
的我以為在堅持人道
如何能算是個人

投射

如果你只是我的鏡子
我則是過往經歷的鏡子
過往經歷並擁有他們各自的鏡子
一開始到底照了什麼
如果你是我有色眼鏡中的自己
我的眼鏡則是他人看向他自己的仿製
那仿製也是仿製的仿製
又什麼是原初的風景

我認為不可原諒的對象

來自於不原諒自己
我認為誰都應該被原諒
是希望自己能被任何人原諒
卻不原諒我的人都原諒他們自己
原諒了我的人都不原諒自己的話
對自己的苛刻或寬容就失去意義
如果

我清清明明地看向外界
沒參雜「自我」的雜質
的幻覺能夠穩固有如真實
你看著我並沒遭遇鏡子
而原原本本是我的樣子
那到底是愛
還是愛的消失

瀕幽體驗

那飛碟是要來接我的
我在九歲那年就知道了

我在紅色眼瞼裡
看見周圍塵土飛揚
巨大圓盤朝我接近
幾乎要把我震飛
巨大塵土讓周遭血肉模糊
到我這代還有什麼人體實驗沒做過

我們是無法溝通的

張開眼睛，外星人幾乎貼緊眼珠
為何不吃掉九歲的我？
他沒有那種食慾
反而是地球人什麼都做過什麼都吃過
他的目的地不是宇宙
實驗也早就做完了

不進食就無法溝通
不溝通就無事可做
我機械性地走進飛碟
參觀不可見的內部
也打開我的內部

飛碟會洗去我的記憶
讓我忘記實驗的內容
只記得打開的感覺
赤裸無法連通
非常令人作嘔

將我打破的現狀

將我打破的現狀確實
不是起因於我
將水潑醒的我在澄澈裡
看見實相的倒影
倒反讓我暈眩
讓我又生出藉口

就是得一次又一次吐實
才能證明品種吧
不想活也是理所當然

就是要一次又一次剝開殼
才吃得到內核
明明我也很餓

大家好像都沒有的結
因為遲到，要在眾目睽睽下解
不出所料失敗
的笨拙與醜
沒有要記卻深入內裡
被稱之為醜的那一刻

將我打破的那一刻
碎裂中一種重生
也只能如此解釋吧如此光明
健康的這一世紀不要再流傳毒素噢

不要再說有誰不能再現
不過是個人的無能

斷絕

斷絕是沒辦法的事
斷絕是永永久久的事
斷絕是遇到了算你衰的事
斷絕是

這邊的綻放傳不到那邊的影像
這邊的香氣被口罩隔絕
這邊的鳥鳴
明明存在於背景
卻不曾被聽

規避的形狀

制度的傷病
其實沒有引來任何同情
回頭望了我一眼的他
臉上也沒有
眼前所有人造之物
都被設定了對象
包括那杯茶，端茶的動作

你怎麼會認為倖存者是有責任
只因那倖存的運氣

你怎麼會捧起手中的使命
往同族身上砸
多麼可口啊你的態勢
倖存，倖存的意義
在手中快被我捏碎

那種藏的意識
或者露的意圖
在你我手中不斷翻轉
溫暖嗎茶
燙口嗎但你沒有熔化
也許也就談不上熱

是，我該是鐵漿
早就不想看到茶具的形狀

更搆不上喝
與「不值得同情」擦身
以出格的姿態傾倒
當然當然也不是人的形狀

荒野與我

此處空曠荒涼
周圍卻擠滿了人

還沒確認身分
目所不能見的對象
就認定我睥睨他們

為了辯駁
我對著空氣說明

我曾如何致力於對抗種種歧視
於是
身上就多出了彈孔

那是因為
我沒有看著他們的眼睛說話的緣故吧
沒法看見的這種過錯
理應上探一切科學或宗教的經典
但任憑我如何解釋
「無法看見」與「無法被看見」的鴻溝都無法跨越
誰都無法諒解

我看得見遠處的山巒、近處的沙石
頭頂炙熱的太陽

卻沒法看見不打算傷害他人
卻傷害了我的人

卻沒法不傷害
不打算傷害的人

未遂

活電影近前
也沒付票錢
也沒撥電話給摯友
告訴他遙遠的異種入侵了
就在這裡你快來看

就來到異種大量繁殖的以後
我原初的認同已來不及捨棄
不幸身在搖滾區
連告密者也在

你怎麼不在這裡
險惡的場景也許就成為
只不過是風景區的珍奇館
興沖沖一起進去
如願墜馬

原來如此當險惡收編進主體
他者就化解為滑稽
可恥的我也太衰了時空孤獨
再下次你快來你快來看的時候
只有我們認識的奇花
已沿路怒放

那一刻的旁觀感
因為他的不在而沒有順利笑出來

而阻止末日未果
當時人們的無知是我的錯認嗎是我
不幸附著的時空

的時代總會來的
我也竟然倖存幾近餘孽
反烏托邦的劇本來到後段
摯友還在電話那端
不正經的冒險奮鬥

只剩祕密得以抵禦
反叛的記憶埋在地底
千年後有機會開挖
盜墓者們笑到併軌
也就得償宿願

反駁

被你以為是一種復歸
或者保衛的時候
受辱的憤怒就像星河
急於欣賞就忘了你剛才說什麼
回過神來，抗辯已付諸虛擬垃圾桶
清空著青空著

可是，我不是
我不似我族的外表

為誰終於提了那件事
完全出於私情
還想訴諸正義
正中你口中的復歸

我不是。為什麼在外太空吶喊
還在別人沒辨認出的那種星
真的看傻了
講起來，明明是滾燙的鍋
用力壓緊蓋子
只會更滾更熱

受辱的星體不堪被看
移動時不慎放開游標
就只是放錯地方

有必要命名為「不可原諒」嗎
掩蓋無能的熱鍋
掉下來砸痛腳

你想得那麼小
只是我意識中的「你想」
我料定的小
只是一廂情願的信號
無情地飛上雲端
無義地不被解釋

犧牲

「一體」的使命
我難得到手的神聖感情
當我沐浴在光芒裡
以為再也沒有更好
這是過去所沒有
過去黑暗裡沒有

對抗的是絕對的邪惡
絕對的必須對抗
至今仍然邪惡

神聖的禮物握在手心
每次拆封都如此光亮
終於我是如此貼近不可分割的
過去不曾觸碰的母體

卻來到異地
手心的珍寶被指認為邪物
聖光來自於妖氣
久尋難得的熱情
只是血腥的慾望
明明如此相信
幾近汙染的可疑

「一體」的愛意
緊握若成為屠殺

「一體」的美意
描繪若成為告密的狀紙
我無處可去的高溫高熱
關押在黑暗裡的長久孤寂
當走上絞刑台

斷頭以前
我如何仍不放棄
發下血的毒誓

規避的婚姻

當凝視到出現暗影時
就證明了親密
水槽黑洞一般
讓我的眼球扭曲

已經習染的日日
正義的毒癮
燒開熱水的白煙
擾亂了靈體的磁場

削著果皮汩汩流血
切開蔬菜尖叫不絕
殺戮的聲音
對生存意志的憐憫

制度的傷病
引來大規模的同情
擦肩者的恐懼被字句規定
墜落者與土石合流

我看向你眼窩的黑洞
煙與水的災情
竟然沒有察覺諷刺
那麼滿溢著愛意

天黑時分

熔化的金屬液體
從我的七孔流出
背叛的堅硬
這次，我感覺到的熱度
明明挾帶險惡的勾結
與自焚式的憤懣
卻凝結成親暱

羽翼包覆了我

在抵禦外敵時尖銳的刺
入鞘的刀子
被傳導的溫暖
這次，摔落時無預警被接住
被攔截了撞擊

這樣好嗎？因溫馨而戰慄
身後滿是幽靈
我們內心的革命
未嘗不可稱為殺意
危險、野蠻、
柔軟
真心

我有毒的液體

醜陋的孔竅
共同體真正的需要
人類該有的面目
我們議論
使人分心的羽毛
這樣不行
那樣不行

猛然抬頭
瞳孔早已習慣黑暗
我習於受傷但
在那之前就塗上傷藥
這被包覆的抵抗
被抵抗的拒馬
我想說來吧

愛或戰爭
都已經準備好

覆轍

那一刻的必要
在這一刻成為可笑
終究還是刀子的問題
純粹而迂腐的工具
包裝紙的問題最小
最透明

果子在新鮮的時候
被灌以水泥

水泥未乾之時
當作解渴的工具
今時今日的燥熱
都凝固、
是失敗的鐵證

貼紙黏附的貨品
做了記號的箱子與門
這一次也是錯認的
已經熟悉那流程
如果不新，就是罪惡
如果曾經，即將窒息

此時，堂皇的呼喊
被認作臨死前的哀喘

高潮前的音量轉小
被解釋為 fade out
核心的問題是空洞洞的核心
反抗的失敗是以反抗為邏輯
「下一次，決不再用殺人解決問題了」
的領悟
只是種族滅絕的回音

騷動

一切塵埃落定，才發現
炸彈被忘記
自私掩蓋所有風景
觸目皆是爆炸後的碎片
可恨的餅乾屑

等到現在等到這裡
竟然靠這種東西迎接
廉價的反叛強摘的
強摘的手槍，子彈，火砲

不能成為理由的忘記
開戰的理由停戰的藉口
裝作沒有意識型態地站在這裡
裝作沒有人被殘忍
不要吐出滑順的話語

一切的迷航從遠古時期開始
啟程後就喪失方向
一直一直都帶著的那顆殺戮的心
用來正義的殺戮之心

那時不比現在更糟
犯錯比假裝重要
點燃以後就要燦爛

要用來改變了要傷害別人了
比維穩更想要

念寫

錯過

你錯過了小火車的發動
被遺留在山間
駕駛讓火車倒退行駛
讓我找到你的身體
讓我抱起你

我感覺後悔
與錯過
纖瘦的身體不論生死
不可追回的孤寂

冰濕的空氣

你不是醒著
我了解你醒時的心情
你一定是
遭遇另一種語言
卻錯過了學習

我一定是因為這樣
才一直抱著你

不完整的門

關上門的時候
發現它是不完整的它無法填滿門框
我害怕這種真相
視線都從縫隙鑽進我極力隱藏
修飾看你的眼神
言語不自然的言語

害怕對你的隱密憤怒侵占我
在身體翻向另一面的夢中
你的噴血使我快慰

你痛苦至極但還沒死的那一刻
只能待在我身邊的臨終
所謂的好夢

在下一世裡懷揣不必要的記憶
一場憂傷的對話裡怒意倒灌
那絲毫無關的「關不上的門」
想哀求你卻面對屍體
面對我自己的罪行
一直保持沉默的那一邊

現實是重要的最最重要
非現實是我賴以為生假如不是這樣
我和你都要被制裁被殘殺多少次
但你卻仍潔淨完好越發明亮

太刺眼了從相遇第一天就有的那種慾望
我想正正經經地活著你是最大阻礙

只好在另一面犯罪另一面的你
那痛苦的模樣無法不激起漣漪
每日道貌岸然走著招呼著
沒發現門的時候都沒有這些事的
不論是否出自我手總之慘死
完全屬於我的那種慘死

腦

花苞中的人腦正醞釀殺意
人腦中的殺意揣摩著碾碎
還來不及就綻放了

就迸發一種臭
蠱惑原本不具惡意者
讓他們舞

那柔軟的腦我上前觸摸

汩汩地流出腦漿
憑什麼連它都能盛開。

連通

經歷以後就回不去了
連通並非世人所想
也並非我所預期
多年後的某個午後
誤解與試探已是上一輩子
我們都沒喝湯來到這一世
終於不必再偽裝彼此這告解
的確前奏是太長了些這連通
實際上也太好了些

兩個遺憾

說完兩個遺憾的故事就天黑了
只能丟掉第三與第四
哪邊能夠大眾化易懂
哪一種不會傾向消磨
早就知道了在這冗長歲月中
更冗長的掙扎

總是這所有的正常
用來煮以與羡慕相反的湯
沒辦法順利吃食也是

第一個遺憾裡你還來不及參與的生命
再轉一個面向就是我夢魘的原型
但不符合淺白的宗旨

第二套宴席裡
這一場話說得清楚嗎但相遇
現在想來真正是禮物即便錯身
即便在暗中你不懂我不懂你不懂我
我也不懂你不懂我不懂你
現在都說得清楚了跨越那痛

竟然要那麼久？我自己
以及你都覺得荒謬
說得不好根本不是遺憾
在遺憾的核心裡包含至今仍舊的憤怒的恨

唯一不恨的是你

喘息在這裡只是中途
也沒想過會一起那麼久
明明就很隨意或許正因為這隨意
反而延遲了可能的傷害但不是
你始終那麼小心
這就是答案

眼珠派對

腦袋裡塞了太多眼珠。
消化不了，從眼眶一顆顆嘔了出來。

一顆接著一顆，轉眼布滿地面。
我一看，看的工具就瞬間落地。
地上的眼珠紛紛轉眼看我。

眼眶一直嘔吐著。
我用下一個還沒被吐出的眼珠看著上一個被嘔出的眼珠的看著。

車裡的短聚

這次的綁架
由本人演出「是我啦」戲碼
坐在不透光的廂型車裡
感覺名氣過大
罪犯們從我這裡得到了珍稀的情報
一齊哄車大笑

與我對坐的主嫌
談起我平日也會結帳的商品
久違的無機的感覺

此時特別強烈
這次也是坐在異領域
錯被照料的羔羊

這樣的距離
是我開誠布公的時機
時時帶在身上
核心是感謝的恨意
所謂決鬥
結果總是束手

誰都沒有察覺
我與主嫌交換了靈魂
肉票的他眼裡沒有一絲驚慌
就這樣接受了命運

我對著電話說「是我啦」
可惜被當作了笑話

可是的雨

可是、
可是，可是
可是可是可是可是
的雨落下來
卻沒有一片乾燥的地面承接
落在海裡反而幸運
反而是反正反正
反正、
反正

反
正
的融化中的雪地更濕滑
致摔
哪裡有蒸發的慈悲
我是想說可是反正
反正我也只能可是
水不是孕育嗎水也是屠殺
在交流時就確認了
是不同象限的傾倒
狗血淋頭式的傾倒
我試圖伸出乾裂的手
可是的雨逕自繞過手存在的次元
流入耳道
混入腦漿

血明明那麼渴
聲音卻那麼氾濫那片叫做
反正的骯髒雪地
加速了融蝕
加速著融蝕
卻遲遲沒有萌發春意
僅僅只是融蝕
心臟
胃腸
子宮
血明明那麼好喝
卻凍結著

大宇宙意志

摸不清楚的肉體
原本也不會成為對象
卻因接收到其來無自的電波
連汗毛都一一數盡

原本不會冒現
煙或雲霧其實是身體
接收器故障反而開通
原本被抑制的意志

明明不在這裡
這裡卻成所在之地
不自然的接收未果
是演化出現重大差錯

恐懼不是應然的選項
生理的抗拒譬如蟑螂
搖動的觸覺也在傳遞意志
我的入侵是否相對可親

像是終於找回主體
在飛碟裡醒來反撲
報導中的熊終被擊殺
打開籠門卻不見屍體

打開艙門暴露一切
恥於到此為止的文明
模仿雨水滋潤大地
卻讓萬物結冰

紅犬

鮮紅色的狗狗
來到我的腳邊
從動脈出發
輸送至靜脈

桃紅色的狗狗
來到我的腳邊
從土壤出發
目送枝葉發芽

粉紅色的狗狗
來到我的腳邊
從被褥出發
通往夢鄉

人粿

把人做成粿
意外是個方法
菜頭粿白鑠鑠

把他做成粿
意外是個方法
草仔粿青恂恂

把你做成粿

意外是個方法

紅龜粿紅記記

未滿的泡沫

「因為我們可以互相對話」
就因為這樣
暗語在我的胸口融化
所謂的他的強悍
在我以竹竿抵擋時
噴出狂笑的彈藥

視為謊言
是扯裂友情的暴力

我所需要的建言與夢中的箴言
何者是幻覺
就算我們對話了
但能視為通過嗎？

「他之所以讓你困惑」
的你的話頭
是我難忍笑意的場所
在我誤認前你已拾得定義
這是我最喜歡你的時候
樂高魔法般組起

那封
我終究是愛著你（們）的信
即使是心碎的

也引人發笑
在所謂龐大詞語的菌傘下
我還想成長為生機的床

最光亮的還是傳送成功
最淺薄的還是傳送成功

同感

他們在埋葬時總倒反了因果
本應如此錯就在我無法順向服膺
當我巧遇道理和我一樣扭曲
一開始也理解顛倒直到謎底
原來也有人花開在那裡屍體躺在那裡
原來他和我一樣的安靜
五官分別裝在紙箱裡
我們並不特別惺惺相惜
只是轉角處有包東西鬼祟傳遞
那是別人未必途經我們卻有幸默契地吸
看著是毒品讀叫作贗品

怪物收驚

持續的渴與餓
淹沒這斗室
我是因溺水才有了靈魂
持續的可與惡
淹沒這斗室
多年後重逢看清你的可憎
毒素般排解不了的餘恨
光碟轉動的聲音像流水

清涼的山間
不無可惡的精靈
也懂渴餓的魔神
我循這腸徑走入獸道
再不因罪惡感就退縮的冷淡
的相競如冰

不在意的一方贏得勝利
擺滿鬼怪精靈的宴席
脫離人道的我也模仿不了
你給予的硬塊之醜惡
具有我風格的醜惡是
嘉勉世俗的勝利時轉身催吐
催魔物偷襲

伸手締結墮落之約
時至少有新鮮氧氣
深濃厚重的綠意裡只求窒息
自願來此卻迷失
嘔吐出泥糞與蚯蚓
時仍是仙境

認清的歸途

崩潰沿途掉落
碎屑成為路標
我像貪婪的鳥一片一片啄食
結果迷路

最後一片碎屑
成為背包裡唯一的紀念
咬著它的聲音像咬碎玻璃
你在吃什麼呢
我在吃花生米

的對話，在末日以後響起

暢通的孔終於堵塞
我的惡意得以自由
這碎屑之禮
誰給我都收
我的結果誰也不要掠奪

崩潰是久別重逢
是飢餓時從夢裡流淌出來的食物
剝開皮膚
底下的你我再餓也不要

是熱，真心終究來到糖果屋
終究偷竊了他人之物

這熱終究是一種罪惡

自省之前，先毀滅屍體
彼此的罪惡混在一起
她們都飢餓，都死於熱
你是這崩潰長路
錯誤的指引者你是在話劇途中
用台詞刺傷我的勇者
你是無辜我使巫術

你得到垂憐
我在意紀念。夜晚的雲霧長出黑色樹葉
沿途灑了一地的血
我咬著崩潰
因迷路而晚歸

變態自白

變態與
愛戀
兩個詞，為什麼會那麼相似？
空無一人的線上會議室
延遲了一些的回聲

必須是比較不願意的那一邊
的變態
總是盯著「被對象化」
他們早習慣了投射

我還假裝沒有肉身

為什麼會有那些願意
我永遠想不通的道理
或許我真是虛構

或許，否則為什麼我不像是個人
不像個人的那些部分
那麼的鮮活

轉換

一

卡在喉頭的立方體熱意
有著圓角
使我湧出液體

龐然冰山的熾熱
與誰都不像
陌生的重壓
從喉頭到胃

任何動靜都能引發海嘯
沖毀柵欄

幾近一種誕生
在痛顯靈的頂點
在目送著死意的深夜

二

舉凡惋惜或被背叛感
竟然都沒有出現
我對他曾經的擁抱無情
對我的曾經無情

深夜的談話裡

其他個體內部溫煦的深意
車站月台上的感激
各種櫃檯前的神啟

那種嶄新的恐懼
不符合年齡的熱情
剛剛誕生的第一百零八個我
有著截然不同的長相

三

轉換時在內部碰觸到的柔軟
外部卻顯得火爆

緊握才得以存活的非現實
某天成為了分明的內外
清晰的對話

用來維持完整性的對話
延續了分裂
如果是純黑的意義

無可奈何的權力關係
交換到的獎品
這舒適感

這閱牆與慰安
這頻繁轉換

娃娃之心

「試過攻擊別人嗎？」
用火燒過的初心
販賣過的初心
現在安安靜靜，躺在窗台之下

碰撞一定會產生的傷
每隔一定時間回到手上
在愉悅感到訪
窒息感襲來之前

試過。攻擊。死亡。
玻璃製的小球
彈性小，塗過油的木頭
重複播放老而新的歌聲

像是那種有靈魂的娃娃
終於要對我說出第一句話
我等了那麼久
幾乎錯過

與躺著的它四目相望
與我，繞道雜貨店
玩火而受懲罰
手上的痛感與快感

它存在於我內裡的本質
一層層被縫入一層層
不論等了多久
馬上要開始玩耍

靜物

你熄滅了，這樣也好
不用再消耗蠟油
經濟地平靜

只是，無法處理的枝節
擋住你的視線
如此靜止著

因為這一切的停滯

不，是終結
死後的懷恨

誰與你精神的部分相連
好意解釋
濕透的燭芯

對你說「這樣也好」
幫枯透的植物澆水
讓你更濕

被蠟，被枯枝包圍
被荒謬圈困
被釋懷
被溺

分靈體

走在路上
觸目所及皆是我的分靈體
我從ㄅ的耳道
B的鼻孔
う的眼窩看見我
我從磚牆的破洞
號誌的落漆
柏油路的龜裂看見我
我從摩托車的後照鏡

看見身體分解成一塊一塊
卻沒有一塊是我
卻因這親密的宇宙
彷彿延續我未竟的遺憾、
收編我不曾臣服的血肉
而欣慰或痛
彷彿這一廂情願的分靈
能挽回A的イ的
或至少ㄇ的我

牠

對牠採取的放任主義
現在終於回報到我身上
讓牠一再地優先
重視被刨解為寵溺

我以為我已十分懂得馴服
在課堂上學到的千萬技術
當然也包括了
對自己的降靈

他們把牠說得像是一部機械
有著面板及按鈕
最方便操作，無機之機
不懂得逸離

但牠是動物的牠是動物
在腳邊摩挲
咬嚙著手指
把心臟挖出來偷吃

對牠採取的放任主義
大概不是出於愛情
被刨解為寵溺的其實
名為控制

是讓控制與被控制倒轉的策略
是拿頭去撞擊的舒適
終於掠奪了雙方
我錯誤的教育

對，教育二字才是正道
走在上頭的我多自私
推開一切疼愛
讓自己成為唯一的堂皇

牠是世上最可愛
最費解最可恨
原本健康那麼完整
卻眼看著就要壞掉

收拾

他終於理解了
各人所投身的方向
以一種超自然的方法看進最深處
那黑而濕的森林
果然還是充滿騷動
但外層看起來不過是
沒把玩具收拾好的
傍晚坐在磁磚地板上發愣的小孩

小孩的意識混雜著

飢餓、犯睏、晚上的電視節目
節目中讓他永生難忘的恐怖
巨大的愉悅
從此無法收拾自己
自那時起，他走入森林
以為朋友們也置身森林

幻境不斷生長
以那種明明沒有接點
卻順利連續起來的交流
幻境不斷生長
在同一片天空同樣的氣候下
觸摸彼此，感覺得到體溫

總有一天會破的

在所謂誤解的衝擊之下
漆黑的森林，馬上就要降臨
藏匿在潮濕中的無數昆蟲
終於也就引來了尖叫

他認識到要把玩具收拾好
要把自己收拾好的任務重大
他認識到若繼續盯著那節目
會再也回不了家

此時，滿坑滿谷的螢火
燃燒著森林似的
發出撩人的光

魔幻時代

魔幻時代的情緒
是言語所不能及
魔幻時代的記憶
曾被異形異物消抹

末日以後的我
僭越地打算回溯
一觸碰到柵欄就被彈開
捆在過去外部的天羅地網
困在網外的我

曾用手機打通

從裡面冒出白色泡沫
湧現所謂混沌的面貌
混濁的迷戀
如何在下山以後化作神佛
不是，是神佛的氣味
明明次元不同

卻都用電話接通
卻都用神佛揑塑成可解
這是矛盾所包容的矛盾
已放棄理解的我
終於也放棄了求救
迷戀吧迷戀

那些脫離常軌的鮮豔色彩
何以在喪失記憶一切轉成灰階
的黑白之中仍舊迷幻

現在就要回來了
那真實的最最漆黑的
沒有眼珠也沒有血肉的黑洞眼窩
如何注視著我
如何透過我注視
一敘述就被拗折成「不可言說」的那個時刻
短短暫暫
卻毀滅性地凝成一個時代
是我最想消抹

對是互相消抹

太過舒服的放棄
線香氤氳中我以為的幻覺
結果是現實
我以為的神佛
其實是引我得道的妖魔
末日過後
就這樣抽換
就這樣取代我

五官自白

因為不屬於自己
使用自己的器官才會覺得愧疚吧

一直把眼神閃開
四面八方照射過來的監視
是從內部出發
是從內臟照射出去的

誤解了所謂卑劣
生長的位置

言不由衷
像張口與瓶口錯置
湧出與接收的座標滑開
如劃開傷口

容許喝
與吞嚥

耳道難道就無辜嗎
明明也沒有澄清
澄清的湖
傾聽二字那麼純潔無垢

而增壓時的難受
只是低廉的內疚

葬中的真心

遮掩遺容
感應極其微弱
遙遠的意義已經破裂
流出屍水

曾是面貌的位置
成為異物
背後的那位打開冥府
曾是真心的位置
感受著一股淤積
翻轉或現形都已無謂

字義是燈
就一盞一盞接下去熄滅
誦經聲的掙扎
蔓延流下無底台階

眾人被給予終結的敘事
當意義曾經是意義
真心會留在誰手裡
如何不被熱熔解
被熱所焚毀

如何讓眾主體承接
這就是失去的意義
如何是我
讀屍而不解其義

碎人自白

切成碎片
炸彈襲來的時候就能分散風險
切成碎片
入眠的時候便須各自了結
碎的狀態彷彿狡詐
不誠懇的熱油拷問
自此免除輕放
因碎而完整
因碎而飄香

腰獸記

今天的日報上有新品種的痛
一直一直的腰部折出存在感
報剪下來我如龜起身
剪刀插在腰間是新感覺妖怪
年老的詞與身體相同乍看陳舊
他們宣稱嶄新的句子無鹽無味
也許是腎臟吧太重鹹我
那還義無反顧嗎年老的年老
要燒嗎？我總是首先想
動手以後就不會再害怕

不怕嗎是脊椎吧軀幹太重
裡面有多餘的東西反覆著響
等也沒用多餘的心臟
可他們怎能忍受這樣太久太久
都一樣都不變化
我們有話但剪刀也插到喉嚨
原來腰部是連接喉嚨那種句子我連讀都痛
不要玷汙年老搜集多種新痛
就會更老然後更痛
他們絕不是沒有痛過只是種類太少
我現在懂了剩下祝福
新鮮至此幾乎無法動彈
也不是真好真鬧一條被沖斷的橋
正想念被行走
他們說斷了正好獸不用過

這不就又錯過了天啊救我
就要來了就要到了拔吧剪刀
剪完就燒掉今天的剪報

十月日記

10/2

這是我最崩潰的時刻
手扶梯開始加速運轉
起點到終點的高度差可以殺死我嗎？
接獲委託我就出發了
為了與我無關的珍貴史料我出發了
為了在灰塵的光線中
刺瞎一個人的眼睛我自作主張

這是淒清的早晨
這是他們的笑話
重要的不重要的，遞出鈔票
為了鈔票，不，為了睡眠我付出鈔票
為了鈔票我不能睡覺
與鈔票無關的珍貴史料
一說出口就被射殺了
即使奮力一搏，終於也被背叛了
這是我最崩潰的時刻
也是理所當然的
我是說被背叛也是自然的我是說
崩潰的不是被背叛
而是太早起床了

10/6

你是那種激烈的風光卻渴望長久不易
我平淡的表象煮沸其實並非眷戀崩潰
太早與太晚失去不遇的命運機會於是
把冰丟進火燒把火擲向極地有誰願意
有誰願意

10/12

你不能真的崩潰
否則窗戶會流血
你不能在門上貼符否則身體會碎
聲音不要超過這條線
動作避免太淡或太甜

仿照那一年粗魯的定格
什麼都斷了
就你一節一節被接起來
不要真的崩潰不然就玩完
不要真的活過來否則失敗
就死掉了就保持原狀
再過一年看見轉世的同學
顯然沒喝過湯

10/13

終於被背叛了
終於有理由可以恨一個人了
雪上加霜成為一根冰棒
他的觸角令我作嘔

話語是口香糖黏在信箱上
好噁我不要溝通我不要打開信箱
習慣背叛就每天被燙傷

10/14

有誰願意不帶武器就出門呢有誰願意
我的理解也變成異類少自以為是正義
舉目所見車門都墮落了車窗都墮落了
就你沒有大屠殺當下你決定誰都不救
髮落下來了頭落下來了眼珠落下來了
就你沒有大屠殺當下你高高站著看著
這次我又跪下了他們說死吧你遺憾嗎
你遺憾嗎

10/17

美好事物失去它的蹤跡多麼美好
終於又可以出門了陽光普照
來到今天了沒有死掉
我牽著心愛的狗狗遛著我
他們絮絮叨叨閒聊
我想起獲得勇氣的時刻但契機已不在了
我承擔所有憎恨如果它們無路可走
這次我接住自己了
安靜的時刻修好的手機與電腦
他們都回來了
他們來探望我的時候雨剛好停了
一切那麼怠惰那麼醜陋
都說好了都約好了

原來這是最關鍵的時刻你不說我還不知道

10/22

如果那只是誤認最最關鍵時刻的分心有何意義。我再也不能搖尾乞憐了我要把尾巴丟掉。待在你身邊讓你待在身邊可是很快就會走掉。明明沒有靈魂卻硬要闡述對方多麼獨一無二。是人類真的有那麼重要嗎我說，是愛又怎樣你說。然後我就崩潰了。崩潰之前我誤以為你在現場所以分心了好幾次。

10/27

十月的輓歌是不是九月的複製
十月的輓歌是不是我的複製
十月，光輝

瀕危

十月的輓歌是我的血肉
你的皮膚
十月是從天而降的血雨
有傷的大地
安詳的一日
連十月也要走了

11/9

如果那只是誤
那果然是誤認。
終於等到這一天了
騎樓讀著雨聲
把忘記帶的鑰匙永遠沒收

太好了你也崩潰了
受傷的左眼都一樣
反正無法在消逝以前拯救對方
無法在電視機上力挽狂瀾
說「我就是要為我們這種人說話」
你的討拍是因為絕望我知道
所有光亮都是絕望
但打公共電話好嗎
投幣式真的還存在
映像管電視也一樣
知道一切都是假的也沒有天地毀滅
作業聯絡簿都暗淡無光
照片裡只剩一點人看過我的過去
昨夜崩塌
又怎樣你只會反省

今夜彷彿靈魂脫體
地觸摸著你其實我們早就很親密
果然。又來到我認錯的時刻
我不再崩潰了打賭
我用不著你了

後記

後記——

森森然寰宇／予蒐奇

一

我一直記得那本童年讀物叫做《寰宇蒐奇》。實際翻箱倒櫃的結果，確認其中一本叫做《瀛寰探秘：世界大蒐奇》，另一本則叫做《寰宇蒐奇叢書：世界之謎》，都是九〇年代出版的。據說這類書風行的起點是一九七八年香港讀者文摘出版的《瀛寰搜奇》。雖然從書名可以感受到後出者的致敬之意，但內容卻只有刻意放大和誇張化那些怪力亂神的部分。對不到十歲的我來說，這種書籍就是我的「世界」。總有一天我會與植物溝通、培養出超能力、見到幽浮和外星人，因持有來路不明的鑽石而受到詛咒、掉進時空亂流或誤闖百慕達三角洲……

如此森羅萬象，既恐怖又迷人。我相信小孩子看這種書、聚在一起講鬼故事、玩錢仙、跑到鬼屋或廢墟夜遊、爬高、玩火……出自的不過是人類原初的好奇心。冒險遂得以發現——這是一個多麼傲慢的概念，足以對應人類的歷史。將好不容易發現到的奇異事物集合在一起，開一場博覽會吧。《寰宇蒐奇》幾乎是這種帝國式意圖的重現。

二

《寰宇蒐奇》的迷人在於它奇異但是遙遠；恐怖則在於，對於孩子而言，書中恐怖照片裡的鬼臉就跟它實際存在於「現場」是一樣的。這本書的存在就等於不應存在於此處的恐怖事物的現形。於是，放置這本書的書架周圍、表情似笑非笑的日本娃娃周圍、不知道誰送的南洋珍禽異獸的模型或標本周圍，都成為了最為陰森、令人不敢靠近的角落。

我無法說明恐懼的原因。甚至說不出到底在害怕什麼。就算長大成人了也一樣。每當我想說明我看見了什麼、我遇到的都是些什麼，卻只能想到幽浮（不明飛行物體）或外星人（地球外生命體）這類其實沒真正解釋到的稱呼。原來這是一個先備的預言，被預習的恐懼。到底是因為擁有如此本質才對這樣的讀物興味盎然，還是因為讀了這種書而走向一條像是被決定的道路？

三

再怎麼搜羅都沒辦法涵蓋所有的「奇異」。因為只要「正常」的標準增加一個，之外的東西就都成了「奇異」。人是處在自以為正常的位置才能將那一切當作有趣的事看待。若自己就是被登載在《寰宇蒐奇》上的照片中的主角。若自己就是當事者、成為那個怪誕的中心、被眾人注視的怪物，被蒐集、被恐懼、被當作獵奇的對象、被廉價地同情、被編為圖鑑的一部分。我沒想過自己會面臨這種更龐大的恐懼。

感受出自內部和來自外界的目光的照射，一再複習當別人露出不可思議之情時的正確反應。原來我版本的寰「予」蒐奇是，將自己的奇異暴露以後，尚必須持續將自我對象化這件事。我害怕被注視。被恣意想像地注視。樂在其中地被注視。將自己形塑為珍奇事物一般地被注視。我感到心虛。不是不誠實，而是無法一致。私底下可以弄彎湯匙，眾目睽睽之下卻做不到——這是我最大的惡夢。

四

被收錄在《寰宇蒐奇》中的日本人魚木乃伊，最近被發現是江戶時代的人工偽造物。對此衝擊性的消息，長年供養人魚的寺院住持說：「這個『人魚木乃伊』有著各種不同人們的意念寄宿其中。這些意念今後將持續存在，所以我也將繼續守護傳承這個『木乃伊』。」

他竟然沒有感到受騙，沒有感到世界崩毀。

原來可以這樣。森森繁茂而眾多，陰寒而使人戰慄。它們就只是存在著。因被賦予意念而存在，因意念的存在而存在。那是所有無以名狀事物的綜合體，是人類犯難與犯錯的投射。若離開蒐奇的意圖，剝開其恐怖與迷人的外殼，一切與我並無分別。恐懼與迷戀是斷絕，全盤接納是連通。對象化與指認是斷絕，存而不論是連通。

話雖如此，我還是感覺遭受背叛。一邊與自己的這種心境對抗同時，反覆著斷絕與連通，一邊完成了這本詩集。

國家圖書館預行編目資料

森森/張詩勤著. -- 初版. -- 臺北市：寶瓶文化事業股份有限公司, 2024.06
面；　公分. -- (Island ; 333)

ISBN 978-986-406-415-1(平裝)

863.51　　113006426

Island 333

森森

作者／張詩勤

發行人／張寶琴
社長兼總編輯／朱亞君
副總編輯／張純玲
主編／丁慧瑋
編輯／林婕伃・李祉萱
美術主編／林慧雯
校對／林婕伃・陳佩伶・劉素芬・張詩勤
營銷部主任／林歆婕　業務專員／林裕翔　企劃專員／顏靖玟
財務／莊玉萍
出版者／寶瓶文化事業股份有限公司
地址／台北市110信義區基隆路一段180號8樓
電話／(02)27494988　傳真／(02)27495072
郵政劃撥／19446403　寶瓶文化事業股份有限公司
印刷廠／世和印製企業有限公司
總經銷／大和書報圖書股份有限公司　電話／(02)89902588
地址／新北市新莊區五工五路2號　傳真／(02)22997900
E-mail／aquarius@udngroup.com

法律顧問／理律法律事務所陳長文律師、蔣大中律師
如有破損或裝訂錯誤，請寄回本公司更換
著作完成日期／二〇二三年
初版一刷日期／二〇二四年六月十二日
ISBN／978-986-406-415-1
定價／四〇〇元

寶瓶文化·愛書人卡

感謝您熱心的為我們填寫，對您的意見，我們會認真的加以參考，
希望寶瓶文化推出的每一本書，都能得到您的肯定與永遠的支持。

系列：Island 333　書名：森森

1. 姓名：____________________　性別：□男　□女
2. 生日：_____年_____月_____日
3. 教育程度：□大學以上　□大學　□專科　□高中、高職　□高中職以下
4. 職業：______________
5. 聯絡地址：____

   聯絡電話：____________________________
6. E-mail信箱：____________________________

   □同意　□不同意　免費獲得寶瓶文化叢書訊息
7. 購買日期：____ 年 ____ 月 ____日
8. 您得知本書的管道：□報紙／雜誌　□電視／電台　□親友介紹　□逛書店

   □網路　□傳單／海報　□廣告　□瓶中書電子報　□其他
9. 您在哪裡買到本書：□書店，店名 ______________________　□劃撥

   □現場活動　□贈書

   □網路購書，網站名稱：_______________　□其他_______________
10. 對本書的建議：____

____

____

____

11.希望我們未來出版哪一類的書籍：

（請沿此虛線剪下）

亦可用線上表單。

寶瓶　讓文字與書寫的聲音大鳴大放
寶瓶文化事業股份有限公司

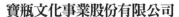

廣　告　回　函
北區郵政管理局登記
證北台字15345號
免貼郵票

寶瓶文化事業股份有限公司 收

110台北市信義區基隆路一段180號8樓
8F,180 KEELUNG RD.,SEC.1,
TAIPEI.(110)TAIWAN R.O.C.

（請沿虛線對折後寄回，或傳真至02-27495072。謝謝）